AF561527

# BIBLIOTHÈQUE

DES

# PETITS ENFANTS

APPROUVÉE

PAR MGR L'ÉVÊQUE DE NEVERS.

Toutes ensemble vinrent admirer la jolie bibliothèque.

# LE
# JOUR DE L'AN

PAR Mme ÉLISE VOÏART.

TOURS

Ad MAME ET Cie, LIBRAIRES-ÉDITEURS.

1850

LE

# JOUR DE L'AN

J'ai connu autrefois quatre petites filles bien douces, bien bonnes, bien gentilles, qui, sans être sœurs, s'aimaient entre elles comme si elles eussent été les enfants d'une même mère. Marie, Denise, Juliane et Emma, tels étaient leurs noms; leurs parents habitaient la même maison, et, quoique de position et de fortune différentes, ils se plaisaient à voir ces aimables enfants se réunir tantôt chez l'un, tantôt chez l'autre, de sorte que les divers étages habités par les quatre familles étaient journellement égayés par le doux babil et les joyeux éclats de rire des petites filles, dont la plus âgée venait d'avoir huit ans, tandis que la plus jeune en comptait cinq à peine. Et qu'on ne croie pas pour cela que leur présence eût rien d'importun ou de fatigant pour les personnes qui les recevaient ainsi tour à tour ; d'abord on n'entendait ni cris ni tapage dans les escaliers ; elles ne s'amusaient pas à traîner à grand bruit un petit chariot ou toute autre chose sur les marches, à frapper avec un bâton sur les bords de la rampe ; chacune des petites voisines montait ou descendait l'étage où elle devait trouver ses amies; apportant, celle-ci, ses poupées; celle-là, son petit ménage; une autre, un livre plein d'images ou une boîte de patience contenant la carte de France, avec les quatre-vingt-six départements découpés chacun suivant sa forme; toutes enfin, celui de leurs jouets qu'elles aimaient le mieux, ou qu'elles pensaient devoir le mieux amuser ses petites amies.

Ce n'est pas que nos joyeuses petites filles ne laissassent quelquefois ces jeux presque raisonnables pour des amusements moins tranquilles ; mais elles réservaient ceux-ci pour les moments où elles avaient la liberté de jouer dans le jardin, qui appartenait au riche locataire du premier étage, M. de Merville, le père de Marie, ou dans la vaste cour, en partie sablée et entourée d'une large plate-bande de fleurs. Dans ces deux endroits on voyait les quatre petites filles se livrer à toute la gaieté un peu turbulente de leur âge, danser un rond, jouer à cache-cache, à colin-maillard, sauter à la grande corde, et même faire rouler le cerceau.

Il n'en était pas de même dans les appartements des divers étages. Au premier, comme je l'ai dit, habitaient les parents de Marie; le second était occupé par ceux de Denise, dont le père, nommé M. Berthaud, était médecin; M. Duval, le père de Juliane, était peintre; il occupait le troisième; et au quatrième, près de l'atelier de ce dernier, était un petit logement habité par la mère de la petite Emma, Mme Richard, une honnête et laborieuse ouvrière en linge.

Dans ces différentes demeures, nos petites filles, silencieuses et discrètes, jouaient à petit bruit dans un coin de la chambre où on leur permettait d'entrer, ne touchant à rien, ne dérangeant rien, ne montant point sur les fauteuils, ayant soin de ne pas poser leurs pieds crottés contre les meubles ou sur les barres des chaises, toutes choses que se permettent d'ordinaire les enfants étourdis ; mais nos petites filles, fort attentives aux recommandations qui leur étaient faites chaque jour, savaient se les rappeler dans l'occasion, et s'avertir mutuellement quand l'une ou l'autre était au moment de faire quelque étourderie. « Ne touche point à cela, ma bonne ! » disait

Marie à la curieuse Denise, assez disposée à porter la main sur les objets qui attiraient son attention.

« Prends garde, Juliane! disait souvent Denise à celle-ci, qui avait la mauvaise habitude de se balancer sur sa chaise, tu peux tomber et te blesser.

— Mesdemoiselles, ne marchez pas sur les bordures, » disait à son tour la petite Emma à ses compagnes, lorsqu'elles se promenaient avec elle dans le jardin; c'était la recommandation qu'on lui faisait le plus souvent à elle-même ; et tous ces petits avertissements étaient reçus par la plus grande comme par la plus petite, avec la même douceur et la même gentillesse qu'ils étaient donnés.

Cette douce union régnait également dans les jeux ; personne n'imposait sa volonté ou son caprice pour commencer ou prolonger un jeu qui n'amusait plus les autres ; surtout même, par une aimable condescendance, on choisissait celui qu'indiquait la plus petite, afin de faire à celle-ci un plaisir plus complet. Chacune avait pourtant un jeu qu'on pouvait appeler le *jeu favori* ; ainsi Marie, qui aimait à lire et à découper des images pour mettre dans ses livres, aimait par-dessus tout à jouer à la maîtresse d'école. Elle rangeait ses petites amies sur des tabourets, leur mettait des livres en main, faisait répéter les leçons, marquait les bons, les mauvais points, et, à la fin de toute cette petite comédie, distribuait des images à celles de ses élèves qui s'étaient le mieux comportées durant la leçon.

Denise ne trouvait rien de plus amusant que d'habiller et de déshabiller sa poupée, et comme elle était déjà fort adroite à manier l'aiguille, quoiqu'elle n'eût guère plus de sept ans, elle avait toujours quelque chose à ajouter à la parure de cette poupée chérie.

Pour Juliane, la fille du

peintre, elle avait deux passe-temps favoris; l'un était de faire des *bonnes femmes* au crayon, qu'elle coloriait ensuite avec des restes de couleurs que lui donnait son père, et qu'elle prétendait être les portraits de ses petites amies; l'autre, bien opposé à ce goût tant soit peu artiste, était le soin et l'arrangement d'un petit ménage, et le jeu auquel elle excellait était celui de la *dînette*. Il est vrai qu'elle avait pour cela un talent tout particulier, et mille inventions charmantes pour faire figurer sur la table des poupées, et dans les plats et les casseroles de leurs petits ménages réunis, la plupart des mets qu'on servait sur la table de son père. Par exemple, personne mieux qu'elle ne savait d'une croûte de pain un peu brune trempée dans de l'eau, et entourée de quelques brins d'herbe en guise de persil, faire un bouilli respectable. Un petit morceau de pain d'épice, qu'elle pétrissait de manière à lui donner une forme, devenait sous ses doigts un jambon ou un gigot rôti, qu'elle garnissait quelquefois de petits haricots verdâtres, recueillis dans les gousses vertes des ébéniers ou des baguenaudiers du jardin. Elle improvisait une salade avec des feuilles de pâquerette, et l'ornait de petites fleurs de mouron rouge et bleu pour imiter les capucines et les fleurs de bourrache qu'elle avait vu souvent mettre dans de vraies salades. Avec de la mie de pain elle faisait des potages, des crêmes; et quant au dessert, Juliane, qui n'était pas gourmande, avait toujours en réserve quelques friandises, *mendiants*, fruits confits ou dragées données à l'occasion de quelque fête, qu'elle apportait alors pour avoir le plaisir de les manger avec ses jeunes amies; et ces bonnes petites choses figuraient un dessert aussi brillant que délicat. Du reste, ce jeu de la dînette était assez du goût des quatre petites filles. Ce n'était pas seulement à cause du dessert qui en était la suite, et auquel chacune fournissait aussi de temps à autre, en apportant quelques fruits, un morceau de gâteau ou quelques autres friandises réservées par elles sur leur dessert, car ces aimables enfants n'étaient pas plus gourmandes l'une que l'autre. Elles aimaient surtout le jeu du *petit ménage*, parce que chacune y trouvait une occupation de son goût : Marie, d'ordinaire, faisait la mère, c'est-à-dire la maîtresse de maison ; elle donnait ses ordres, commandait le dîner, faisait ou recevait des visites ; Denise était la bonne, elle faisait le ménage, habillait les enfants, c'est-à-dire les poupées, et quelquefois Emma, que l'on mettait du nombre des enfants, attendu qu'étant la plus petite elle ne pouvait guère encore jouer d'autre rôle; enfin Juliane était la cuisinière; elle allait au marché, comptait la dépense avec ses maîtresses, allumait ensuite ses fourneaux; et les manches de sa robe retroussées, un mouchoir blanc devant elle en guise de tablier de cuisine, elle se mettait à la besogne.

Durant les sombres jours de l'automne, et même pendant une partie de l'hiver, quand les promenades devinrent rares et difficiles pour les quatre petites filles; que l'entrée du jardin, devenu trop humide, leur fut interdite, et que la neige, le froid ou la pluie, ne leur permirent plus de jouer dans la cour, les jeux sédentaires, et surtout celui de la *dînette*, leur furent d'un grand secours; seulement, comme chaque jour l'esprit inventif des petites filles ajoutait quelque chose à leur jeu favori, et que la bonté de leurs mères, en leur accordant de temps en temps quelque morceau de viande froide, de pâté, ou un reste d'entremets, pour rendre ces petits goûters plus réels, y donnait encore un nouvel intérêt, elles en vinrent à trouver que les différentes pièces de leurs petits ménages ne suffisaient plus aux exigences de la cuisinière. Ainsi, il y avait bien les restes d'un petit ménage en étain; mais les plats et les assiettes, réduits à un petit nombre, commençaient à être un peu noircis à force d'avoir servi. Les petits couverts étaient dépareillés, les petits gobelets tout bossués, le petit saladier en faïence blanche et bleue était écorné, et la soupière pareille devenait bien petite pour contenir le potage au lait et aux échaudés que l'on aurait voulu faire quelquefois. Le désir de faire au naturel ce que nos petites ménagères n'avaient fait jusque alors que *pour semblant*, comme elles disaient, était peut-être dû, moins à ce louable désir de tout perfectionner que ressentaient souvent les petites filles, qu'à la complaisance de la bonne de M. Duval, qui, ayant élevé Juliane, avait pour elle mille faiblesses. Ainsi, une fois elle lui avait permis de mettre un vrai petit pot-au-feu près de son réchaud, et, après lui avoir expliqué comment il fallait le gouverner, lui avait donné tout ce qui était nécessaire pour l'assaisonner; aussi ce fut un jour de bonheur pour les quatre petites amies, que celui où, après avoir épluché de petites carottes, un navet pas plus gros que le petit doigt, un brin de poireau et un petit morceau d'oignon brûlé, elles écumèrent la petite marmite, y mirent les légumes, une pincée de gros sel gris; et pendant les deux heures que dura la cuisson de ce mets, base de tous les dîners de famille, chacune des petites cuisinières vint à son tour regarder bouillotter doucement le bouillon et en respirer le parfum qui était celui d'un véritable consommé. Catherine avait prêté pour ce jour-là un petit bol à anses, qui ne figurait pas mal une vraie soupière; on y tailla la croûte brune d'un pain à café, on trempa la soupe; le petit bouilli cuit à point, et entouré de ses légumes, fut servi sur une soucoupe représentant un plat, et porté en triomphe sur la table, où les poupées, déjà assises, attendaient toutes seules depuis bien longtemps; car tout ce qu'il y avait là de fillettes avait passé dans la cuisine de la complaisante Catherine.

Malheureusement un aussi joli jeu ne put se renouveler aussi souvent que les petites filles l'auraient désiré; non que la bonne Catherine eût manqué pour cela de complaisance, car les petites voisines étaient avec elle aussi aimables que polies; elles ne la rencontraient jamais sans lui dire un gai bonjour, et quand elles venaient dans la cuisine pour lui demander un petit service, elies le faisaient toujours avec tant de douceur et de politesse, que Catherine ne savait rien leur refuser. Mais la pauvre fille ayant été obligée de faire une petite absence pour aller dans son village visiter sa mère malade, et qui voulait, disait-on, voir encore une fois sa chère Catherine avant de mourir, nos petites filles se virent tout à coup privées de leur maîtresse cuisinière. Rien n'avait pu retenir la brave fille, ni la rigueur de la saison (on était au milieu du mois de décembre), ni l'approche du nouvel an qui lui promettait de bonnes étrennes; elle résista même à la proposition que lui fit M. Duval, d'envoyer par une occasion sûre un secours d'argent à sa mère, car ce départ contrariait beaucoup le peintre, qui, ayant perdu sa femme depuis deux ans, se reposait sur Catherine, et en toute confiance, du soin de sa maison. Le refus de Catherine le chagrina, et il lui en témoigna d'abord son mécontentement ; mais la bonne fille lui dit ingénument, et les larmes aux yeux :

« Mon bon maître, j'ai bien du regret de ne pouvoir vous obéir en ceci ; croyez bien que quitter votre maison est un grand crève-cœur pour moi;... mais, vous le savez, le bon Dieu a dit dans ses commandements : *Tes père et mère honoreras* ; mon devoir m'appelle près de ma pauvre mère; et quand je devrais y perdre l'honneur d'être à votre service et la douceur de soigner ma petite Juliane;... car je sais que, si vous prenez une autre bonne, vous la garderez.... »

La pauvre fille ne put achever; son cœur se brisa par l'idée de voir une autre la remplacer près de l'aimable enfant qu'elle avait élevée, et dont elle avait soigné la mère avec autant de zèle que de respect; elle éclata en sanglots.

M. Duval, touché de cette

effusion et admirant le courage de cette brave fille, se hâta de lui dire: « A Dieu ne plaise, ma pauvre Catherine, que je récompense si mal votre attachement pour nous! celle qui sait préférer son devoir à ses intérêts de fortune et même d'affection, sera toujours un sujet précieux qu'un maître raisonnable aimera à conserver, lui en coûtât-il pour cela quelque argent et quelque désagrément. Allez près de votre vieille mère, ma chère enfant; comme vous le dites fort bien, il faut obéir à son devoir avant tout; ne vous inquiétez pas de voir une étrangère vous remplacer auprès de ma fille. Notre portière, attentive et probe comme vous, fera votre besogne tout le temps que durera votre absence; à votre retour, et quel que soit le résultat de votre voyage, vous viendrez reprendre vos fonctions avec courage, et nous vous recevrons avec la même amitié. »

Catherine, le cœur pénétré des bontés de son maître, prit congé de lui et de sa chère enfant, non sans recommander à celle-ci d'être toujours bien sage, bien attentive à tous ses petits devoirs, de ne pas manquer de faire sa prière du matin et du soir, et d'y joindre un *Je vous salue, Marie*, pour que son voyage fût heureux, c'est-à-dire pour qu'elle pût encore conserver sa vieille mère.

Juliane, bien attristée de

ce départ inattendu, promit tout, et tint parole.

Les premiers jours de cette absence parurent bien longs à la bonne petite fille ; habituée qu'elle était aux tendres soins de Catherine, ceux de la portière, brave et digne femme, mais un peu rude, ne leur ressemblaient guère ; mais Juliane, quoique bien jeune encore, s'était déjà accoutumée à n'être pas trop exigeante, et à faire d'elle-même tout ce qui pouvait épargner de la peine à ceux qui l'entouraient.

Ainsi le matin, après qu'elle était lavée, peignée, qu'elle avait dit sa prière, et qu'elle était allée dire bonjour à son papa, elle rentrait dans sa petite chambre, et se mettait à en faire disparaître tout désordre. Elle rangeait à leur place tous les objets qui avaient servi à sa toilette, pliait sa camisole, son bonnet de nuit, et ne laissait rien traîner sur les chaises ni sur les meubles. Ses jouets étaient tenus dans le même ordre, et l'armoire qu'on lui avait abandonnée pour renfermer son ménage et ses poupées, ressemblait à un vrai petit appartement, avec ses meubles bien luisants, le lit de la poupée bien fait, et celle-ci bien habillée et placée sur un petit canapé, comme une véritable dame dans son salon.

Venait ensuite l'heure du déjeuner de son papa : Juliane s'empressait de placer sur la table de la salle à manger tous les objets du couvert qui étaient à sa portée : l'argenterie, les serviettes, le sel, les petits bateaux contenant le beurre et les radis, et qu'elle portait avec précaution sans répandre l'eau, ni déranger les coquilles de beurre.

Après le déjeuner, qu'elle partageait avec son père, Juliane remettait tout en place, et, pour épargner une nouvelle besogne à Mme Bachelet, la portière, qui avait dès le matin balayé la salle à manger, elle prenait le petit balai de la cheminée, et se mettait à réunir en un petit tas les miettes de pain tombées pendant le déjeuner, les enlevait adroitement sur une pelle à feu, et allait les jeter sur un petit balcon alors couvert de neige, où les pauvres oiseaux du voisinage venaient bientôt s'abattre en foule pour picoter ces miettes, car ils ne trouvaient guère à manger dans cette saison rigoureuse. Aussi fallait-il les voir accourir de tous côtés, tant des bords du toit où le soleil avait un peu fondu la neige, que du haut des lucarnes et des cheminées; leur vol gracieux, leurs petits cris réjouissaient le cœur de la bonne petite fille, qui les regardait à travers le rideau de mousseline de la fenêtre, et qui, tout en suivant ainsi ses doux instincts d'ordre, de propreté et surtout d'obligeance, trouvait encore un nouveau plaisir en échange d'une bonne action.

Durant ces jours qui eussent

été presque solitaires pour Juliane, attendu que son père travaillait toute la journée dans son atelier ou sortait pour ses affaires, ses petites amies, Denise, Marie et Emma se montrèrent plus aimables que jamais pour elle. C'était à qui viendrait la distraire, lui proposer un jeu, ou lui offrir ceux de leurs jouets qui pourraient l'amuser davantage. Marie surtout, que son âge rapprochait le plus de celui de Juliane, l'engagea à descendre chez sa maman : c'était une charmante et bien agréable proposition, car Mme de Merville avait dans son salon particulier une grande armoire en ébène, vitrée, contenant une foule d'objets rares ou curieux et dont elle accordait de temps en temps la vue, à titre de récompense, à ses enfants ; elle en avait trois, dont deux petits garçons plus jeunes que Marie.

Les petites amies, sur l'invitation de cette dernière, étant réunies, Mme de Merville les fit entrer dans le mystérieux cabinet, et, tirant le rideau de soie verte qui couvrait les portes en glace de l'armoire, elle exposa à leurs regards ravis toutes les richesses de son contenu.

Il y avait là bien des objets qui eussent tenté des petites filles moins discrètes et moins réservées que les nôtres; j'en connais qui, en voyant cette multitude de choses mignonnes et charmantes, telles que de petits ciseaux longs comme le bout du petit doigt de la plus petite d'entre elles, un éventail de poupée monté en nacre, avec une peinture dessus représentant de petits bergers; un petit vaisseau en verre filé, avec ses mâts, ses voiles et ses cordages; de petits paniers en osier fin comme du fil, et en filigrane d'or et d'argent, mais surtout un merveilleux petit rouet en ivoire enrichi d'or, avec sa quenouille chargée d'un cocon de ver à soie en guise de lin, et dont la roue délicate, en tournant comme celle d'un vrai rouet, faisait dévider un fil fin comme un cheveu autour de la bobine; je connais, dis-je, de petites filles qui, à la vue de ces jolies choses, n'eussent pas manqué de dire : « Oh! que je voudrais avoir ce petit rouet! » ou bien en poussant de gros soupirs d'envie : « Je n'ai pas de petits ciseaux comme cela, moi! » ou enfin : « Ma poupée voudrait bien avoir un joli éventail comme celui-là! » toutes choses que ne se permettent jamais les enfants bien élevés.

Nos petites amies étaient du nombre de ces derniers; lorsqu'elles étaient admises au plaisir d'admirer les curiosités de l'armoire d'ébène, elles se conduisaient avec une politesse et une discrétion exemplaires; aussi Mme de Merville, qui était la bonté même, outre l'extrême complaisance qu'elle mettait à leur montrer toutes ces belles choses, ne manquait pas alors de les en récompenser par le don de quelque jolie sucrerie qu'elle tenait en réserve pour cela dans le bas de la fameuse armoire, ne pouvant leur donner aucun de ces petits objets, trop précieux et trop délicats pour être mis entre les mains d'enfants de leur âge.

A son tour Denise chercha à procurer quelque distraction à sa petite amie Juliane. On sait que l'arrangement de la poupée était le talent particulier de Denise. Un de ses cousins, qui était employé dans un magasin de soieries en gros, lui avait donné quantité de morceaux des plus jolies étoffes, restes d'échantillons, pour habiller sa poupée. Elle en avait choisi les plus grands et les plus beaux, et, après avoir pris quelques mesures sur sa poupée, qui se trouvait justement de la même taille que celle de Juliane, elle proposa bien gentiment à celle-ci non-seulement ces morceaux pour faire une robe neuve à sa poupée, mais encore de la lui faire elle-même. Juliane, quoique ravie de la proposition, refusa d'abord, parce qu'elle ne voulait pas priver son amie de ses plus jolis morceaux; mais Denise insista avec tant de grâce, qu'il fallut bien y consentir. Marie s'offrit à les aider dans ce travail, et même la petite Emma, pour n'être pas la dernière en fait d'obligeance, se chargea d'enfiler les aiguilles et de les leur présenter.

Les petites couturières s'établirent dans un cabinet bien chauffé, oü Denise prenait chaque matin ses leçons; et, au bout de deux heures passées gaiement dans cette occupation, la poupée de Juliane se trouva magnifiquement vètue d'une robe de poult de soie rose garnie d'un haut volant et d'une écharpe de gaze de soie blanche rayée de satin, ce qui lui donnait l'air d'une dame comme il faut allant en soirée.

Grâce aux attentions aimables de ses amies, aux petits soins dont Juliane remplissait sa journée, à son exactitude surtout à en remplir tous les devoirs, les premiers jours de décembre se passèrent sans trop d'ennui pour elle. On avait reçu de bonnes nouvelles de Catherine ; Juliane n'avait pas passé un seul jour sans prier Dieu pour cette brave fille, et le bon Dieu, qui se plaît à écouter les prières des enfants qui l'implorent avec attention, respect et amour, avait daigné exaucer celles de la bonne petite Juliane ; la mère de Catherine était sauvée, et celle-ci devait revenir dans les premiers jours de janvier.

Il approchait enfin, ce mois chéri des enfants, non-seulement pour les étrennes qu'il leur apporte, mais encore parce que c'est pour eux une nouvelle occasion de remarquer combien ils sont aimés de leurs parents, et en même temps de témoigner d'une manière plus particulière leur tendresse et leur reconnaissance.

La veille de ce beau jour, nos quatre petites amies, réunies chez l'une d'elles, s'entretenaient de leurs projets et de leurs espérances du lendemain. Chacune avait préparé un petit objet pour ses parents : Marie avait terminé deux ronds de serviette en canevas de soie noire, sur lesquels elle avait brodé en grains d'or et d'acier brillant, les mots : *Bon appétit, papa ! Bon appétit, maman !* Juliane, qui commençait à dessiner. s'était appliquée à esquisser au trait seulement, mais avec assez de justesse et de fermeté, le profil d'une tête de Diane. Denise avait tricoté, en grosse laine blanche et fournie, des semelles à grandes mailles pour préserver du froid et de l'humidité les pieds de son père et de sa mère. Il n'y eut pas jusqu'à la petite Emma, à qui ses cinq ans ne permettaient pas encore de faire grand'chose, mais qui entendait ces demoiselles parler sans cesse de leur projet, qui ne voulût aussi faire comme elles. Elle fit donc pour sa mère une fort jolie bague en petites perles blanches et bleues enfilées dans un double crin ; un peu petite, il est vrai, parce qu'elle n'avait pas pris la mesure du doigt de la maman, mais qui n'en devait pas moins être reçue avec plaisir.

L'entretien des petites filles roulait plus sur toutes ces

choses que sur les étrennes qu'elles devaient recevoir en échange ; et même, quand ce sujet revenait dans la conversation, Marie, qui n'ignorait pas qu'en raison de la fortune de ses parents elle recevrait de plus belles étrennes que ses petites amies, se gardait bien de dire : « Oh ! moi j'aurai ceci ! j'aurai cela ! » elle n'aimait à faire parade de rien, ni à exciter l'envie de qui que ce fût : ce qui du reste est toujours, dans celles qui agissent ainsi, la marque d'un petit esprit et d'un mauvais cœur.

Sans trop se préoccuper à ce sujet, nos petites filles s'entretenaient pourtant des cadeaux qu'elles recevraient avec le plus de plaisir. Marie, qui aimait par-dessus tout les livres, disait : « Oh ! je voudrais avoir dans ma chambre une petite bibliothèque à moi, dans laquelle seraient tous les livres que j'aime : l'Ami des enfants, les petits Livres Roses, ceux du bon chanoine Schmid, et une bonne partie de la Bibliothèque de la Jeunesse chrétienne, dont on m'a prêté quelques volumes, et dont je vous ai déjà raconté tant de jolies histoires....

— Pour moi, disait Juliane, je voudrais un bon canif pour tailler mes crayons, des pinceaux, des godets et une palette en porcelaine pour délayer et mélanger les couleurs que papa me donne quelquefois. Oh! vous verriez comme je vous ferais tous les jours de belles images !

— Moi, disait Denise, qui ne pensait encore qu'à sa poupée, je voudrais avoir un étui plein d'aiguilles, des épingles plein une boîte, des ciseaux à pointes pour découdre et un nouveau dé, car le mien est déjà trop petit.

— Oh bien ! moi, dit à son tour la petite Emma, je ne voudrais rien de tout cela; j'aimerais mieux une boîte de pralines de chocolat, avec de bonnes pistaches vertes dedans, ou même une boîte de dragées, et....

— O la petite gourmande! s'écrièrent en riant les trois petites amies, elle ne pense qu'à ce qui se mange!...

— Attendez donc! attendez donc! dit Emma en se défendant de cette accusation de gourmandise; si j'avais quelqu'une de ces bonnes choses, ce ne serait pas pour les manger toute seule, non! mais je pourrais du moins vous en donner, puisque, quand vous avez quelques friandises, vous les partagez toujours avec moi !

— Eh bien! voilà qui est fort gentil, bonne petite Emma! dirent presque en même temps Denise, Juliane et Marie, et nous t'en remercions bien, ajoutèrent-elles en embrassant l'aimable enfant, qui, joyeuse de cette caresse, se mit à sauter et à danser autour de la chambre.

L'heure avancée de la soirée rappela chacune des petites filles chez ses parents. Avant de se coucher et en les embrassant, leurs bons petits cœurs tressaillaient à la pensée de la joie qu'elles éprouveraient le lendemain lorsqu'elles viendraient, leurs petits présents à la main, offrir à ces bons parents, avec le premier bonjour de l'année, leurs promesses d'être bonnes, dociles et sages; et chacune, ayant prié son bon Ange de bénir ses promesses, s'endormit dans la douce espérance du lendemain.

En effet, tout se passa à merveille : les plus tendres caresses furent d'abord la récompense des efforts que les aimables petites filles avaient faits, chacune suivant ses moyens, pour plaire à ses bons parents. Comme on le pense bien, ceux-ci avaient aussi fait secrètement leurs petits préparatifs, et comme s'ils eussent deviné les désirs de leurs chères petites filles, il se trouva que leurs présents furent justement ce que chacune avait le plus désiré ; car les parents, comme le bon Dieu, dont ils sont l'image, connaissent les secrètes pensées des enfants ; ils voient avec joie les bonnes dispositions d'un petit cœur tendre et sincère ; ils voient avec tristesse les mauvais penchants d'un esprit indocile et léger, et s'ils ne punissent pas toujours ces défauts, qui les affligent, si même ils les traitent parfois avec indulgence pour exciter le repentir des jeunes coupables, ce n'est pas qu'ils les ignorent, car rien ne leur échappe. Et aussi avec quel joyeux empressement ils récompensent les moindres bonnes actions de leurs enfants! comme le bon Dieu, qui voit tout, connaît tout, et ne laisse jamais sans récompense rien de ce qui est bien.

Que mes jeunes lectrices se figurent donc la joie de nos

quatre petites filles en recevant, l'une (c'était Marie), une charmante petite bibliothèque en acajou, remplie, comme elle l'avait souhaité, de tous les livres qu'elle aimait et de bien d'autres encore qu'elle ne connaissait pas! Ce joli petit meuble était fermé par deux portes vitrées de manière à préserver les livres de la poussière et des mouches. Son père, qui l'avait fait placer dans la chambre de Marie, lui en remit la clef, en lui recommandant de ne pas la perdre et de prendre ainsi de bonne heure les habitudes d'ordre qui conviennent aux femmes. La bonne mère joignit à ce présent celui d'un joli manteau en flanelle écossaise bleue et noire pour la préserver du froid quand elle irait le dimanche à la messe ou à la promenade. Quant aux bonbons et autres bagatelles qu'on a coutume de donner aux enfants le jour de l'an, Marie n'en manqua point, car les amis de la maison n'oublièrent pas dans cette circonstance l'aimable et gracieuse petite fille qui les accueillait toujours avec autant de politesse que de bonne humeur.

Le cadeau que reçut Juliane fut également de son goût; son père, qui voulait encourager les dispositions qu'elle montrait pour le dessin et la peinture, lui avait fait présent d'une grande boîte à couleurs, contenant non-seulement un canif, mais des pinceaux de toutes grosseurs, des crayons de toutes les sortes, une palette en porcelaine, enfin du papier blanc en quantité, pour se livrer au goût qu'elle avait de faire des images. Toutefois ce présent eût peut-être été un peu sérieux pour une petite fille qui comptait sept ans à peine, si une dame dont son père avait fait le portrait et qui avait eu plus d'une fois l'occasion d'admirer l'ordre et l'arrangement que Juliane mettait autour d'elle, n'eût pris plaisir à l'en récompenser en lui envoyant, pour étrennes, un jouet charmant, et tout à fait en rapport avec ses dispositions de bonne ménagère : c'était une de ces merveilleuses petites cuisines garnies de tous les ustensiles nécessaires au ménage, et avec lesquelles les enfants font de si jolies dînettes. Cette cuisine était une des plus complètes qu'on eût jamais vues. Il y avait un vrai petit fourneau à plusieurs trous, muni de grilles et recouvert en carreaux de faïence blanche et bleue; aux murs étaient attachés, comme dans une véritable cuisine, deux rangs de casseroles avec leurs couvercles depuis les plus grandes jusqu'aux plus petites; sur les planches au-dessus, on voyait rangés avec ordre de petits chaudrons en cuivre, une petite cuisinière garnie de sa broche, une petite bassine pour faire les confitures; enfin, dans un coin au-dessus d'une fontaine en grès d'où l'eau coulait par un robinet, on voyait accrochée, entre un gril et un four de campagne, une charmante petite poêle noire, propre à faire une véritable omelette; la vue de ce petit ustensile, qu'elle avait toujours désiré, fit pousser un soupir à Juliane, car elle lui rappelait l'absence prolongée de sa bonne Catherine, qui lui avait promis de lui apprendre à faire une omelette pour la première dînette qu'elle ferait avec ses petites amies ; mais ce soupir était donné au souvenir de sa bonne gouvernante plutôt qu'à tout autre motif.

Pour Denise, qui aimait à coudre et qui perdait considérablement d'aiguilles, elle fut ravie quand sa bonne mère lui présenta un charmant nécessaire contenant tout ce qui est essentiel au travail à l'aiguille : petit dé en nacre garni d'un cercle d'or, jolis ciseaux fins pour découdre, poinçon d'acier à faire des œillets, passe-lacet, enfin un étui en nacre comme le dé, et tout plein d'aiguilles! Il y en avait plus d'un cent et de toutes les grosseurs! Dans des cases séparées, il y avait aussi une pelote couverte d'épingles, une autre en forme de grosse fraise pour dérouiller les aiguilles; que sais-je? mille petites choses utiles ou commodes, jusqu'à un mètre de ruban bleu qui se roulait, au moyen d'une manivelle, dans l'intérieur d'un petit baril; enfin rien n'y manquait.

Une belle poupée nue avec un charmant visage, des cheveux blonds bouclés, des mains dont les doigts se pliaient, de petits pieds bien faits chaussés de bas à jour, et de petites bottines en velours noir lacées et qui pouvaient se mettre et s'ôter à volonté, complétait le présent de Denise, auquel la mère avait encore joint un gros paquet des plus jolis chiffons qu'on pût voir pour servir à l'habillement de la poupée.

Il n'y avait pas jusqu'à la petite Emma qui n'eût aussi reçu des étrennes suivant ses goûts. Sa mère ayant été reporter de l'ouvrage à une de ses pratiques, celle-ci, qui était la femme d'un confiseur, lui donna pour sa petite fille une boîte de pralines de chocolat comme Emma les aimait. Pour ajouter au plaisir que devait faire ce présent à la petite fille, la bonne mère avait acheté, chez la même marchande, quelques jolies bagatelles en chocolat; c'étaient de gros escargots bruns sortant de leurs coquilles et montrant leurs cornes, de beaux hannetons avec leurs petites aigrettes de tête et leurs ailes à demi entr'ouvertes comme s'ils allaient prendre leur volée. Il y avait aussi des grappes de groseilles noires garnies de leurs feuilles, des marrons à demi grillés, des bouquets de noisettes encore entourées de leurs vertes collerettes; tout cela en chocolat, et si bien imité qu'on les eût crus véritables. Mais ce qui charmait surtout Emma, c'étaient deux mignons petits fers à repasser, toujours en chocolat, avec une petite poignée pour les prendre, ni plus ni moins que de vrais fers.

Peu d'instants après que ces jolis présents furent reçus, la nouvelle en fut portée aux divers étages de la maison. Ce fut partout un échange de baisers, de bonbons, de cris d'admiration, et de félicitations mutuelles. Marie, comme la plus âgée, visita d'abord ses petites amies, et toutes ensemble descendirent ensuite chez elle pour voir la jolie bibliothèque, qui ne pouvait se transporter. M^me^ de Merville, les voyant réunies, leur distribua aussi quelques jolis bonbons, puis les engagea à venir passer l'après midi avec sa fille, et à partager avec celle-ci une petite collation en forme de second déjeuner, qu'elle ferait préparer pour cela. « C'est bien l'occasion de faire une petite dînette, dit Mme Merville, puisque vous avez un si joli ménage; je vous donnerai pour cela du sucre, de la crême, des fruits, du gâteau, enfin tout ce qui vous sera nécessaire. »

Les quatre petites filles, ravies de la proposition, remercièrent avec transport l'aimable dame qui la leur faisait; puis elles se séparèrent en se promettant de se réunir après la grand'messe, car ce jour-là était un dimanche, et les pieuses petites filles ne savaient s'amuser que lorsqu'elles avaient rempli avec leurs parents ce premier devoir du chrétien de tous les âges et de toutes les conditions.

A leur retour de l'église, Juliane et Denise, après avoir obtenu, l'une de son père, l'autre de ses parents, la permission de se rendre à l'invitation de Mme de Merville, descendirent chez Marie, apportant avec elles toutes leurs poupées, et surtout le nouveau ménage. On établit les enfants dans un grand cabinet bien chauffé par le calorifère de la salle à manger, et où les petites amies pouvaient jouer tout à leur aise sans craindre de rien casser, ni de commettre aucun désordre. Depuis une demi-heure, Juliane et Denise étaient descendues; mais Emma manquait à la réunion. La lingère avait retenu sa fille près d'elle, de peur de commettre quelque indiscrétion en la laissant descendre un jour où il pouvait se trouver des visites chez Mme de Merville. La petite Emma s'était soumise à la volonté de sa mère, et elle s'amusait à ranger ses escargots et ses hannetons en chocolat sur un morceau de serge verte, que sa mère lui avait donné, et qui lui semblait une pièce de gazon où elle faisait pâturer ses petites bêtes, quand Marie et Juliane vinrent la chercher et demandèrent à sa mère la permission de l'emmener. Celle-ci y consentit avec joie ; elle demanda seulement aux jeunes demoiselles d'attendre qu'elle eût mis sa fille dans un état plus propre et plus convenable.

Pendant que Juliane, toujours obligeante, l'aidait dans les soins qu'exigeait la toilette d'Emma, Marie s'était approchée de la fenêtre et se mit à regarder dans la rue. Le temps était gris et sombre, et la neige tombait à gros flocons. Marie remarqua, sur le trottoir en face, d'heureux enfants comme elle qui venaient de recevoir leurs étrennes, et son bon petit cœur s'en réjouit; mais ce cœur si tendre éprouva bientôt une émotion contraire. Dans un moment où il ne passait plus personne dans la rue, les regards de Marie, se portant sur les diverses fenêtres de la maison située en face, s'arrêtèrent sur l'une de celles du quatrième étage de cette maison. A travers des vitres d'un verre jaune et terni, on apercevait trois ou quatre figures d'enfants, groupés les uns au-dessus des autres, non point par l'effet de quelque joyeux mouvement de curiosité ou d'intérêt, mais comme par celui d'une tristesse commune et presque habituelle, tant l'expression en était empreinte dans tous leurs traits. Deux petites filles de huit à neuf ans, presque de la même taille, se tenant le cou enlacé de leurs bras, appuyaient leur tête l'une contre l'autre ; une plus petite paraissait se jouer avec la main de l'une d'elles, et derrière ces deux-ci une quatrième, montée sans doute sur une chaise, dominait tout le groupe. Toutes quatre, quoique proprement vêtues, paraissaient être fort pauvres et n'avoir d'autres distractions, dans ce jour de joie et d'abondance pour la plupart des enfants, que de regarder la neige tourbillonner comme des flocons de blanc duvet, descendre lentement vers la terre, et perdre enfin sa blancheur en touchant la boue qui la couvre. Il y avait dans l'attitude et la physionomie de ces pauvres enfants tant de chagrin et d'abattement, que Marie, tout émue, s'écria : « Mon Dieu! qu'ont donc ces pauvres petites filles pour être si tristes? — Et en se retournant, son regard plein de compassion interrogeait M^me Richard.

— Ah! elles ont bien de quoi! répondit la lingère; leur

père, un bon et honnête tailleur, est depuis deux mois malade à l'hôpital; leur pauvre mère travaille jour et nuit pour nourrir sa famille; les deux aînées, qui commencent à faire des ourlets et des surjets assez proprement, aident aussi leur mère; elles sont fort laborieuses, car je les vois travailler toute la journée près de la fenêtre, sans lever les yeux de dessus leur ouvrage. Comme c'est aujourd'hui dimanche, après avoir été à la grand'messe, elles se reposent un peu, et, pendant que leur mère est sans doute allée voir son pauvre mari, elles sont là à regarder tomber la neige ou à voir aller et venir les passants ; car, pour d'autres distractions, elles n'en ont guère, et, quoique ce soit aujourd'hui le premier de l'an, je suis bien sûre qu'il n'a pas été question d'étrennes pour elles, les pauvres petites!... Ah! Mesdemoiselles, ajouta la bonne femme en terminant la toilette de la petite Emma, il y a bien de pauvres enfants tristes et privés de tout, tandis que d'autres sont dans la joie et l'abondance ! »

Ces paroles tombèrent sur le cœur de Marie et l'oppressèrent d'un poids douloureux; elle quitta la fenêtre, non sans avoir jeté un dernier regard sur les pauvres petites filles, et suivit toute pensive ses petites amies, dont la plus jeune s'empressait déjà de descendre l'escalier. « Juliane, dit-elle à celle-ci, qui était restée un peu en arrière, as-tu entendu ce qu'a dit M^me^ Richard?

— Oui! répondit Juliane, et cela m'a fait naître une idée!

— Laquelle, Juliane?

— C'est que mon petit ménage de bois et quelques-uns de mes bonbons feraient une jolie étrenne pour ces pauvres petites, qui n'en ont point reçu....

— Bonne idée, Juliane; mais j'en ai une autre, moi....

Viens, nous allons causer de cela avec Denise, et si maman le permet.... »

Marie n'en dit pas plus, elle descendit rapidement l'escalier, entra chez elle avec ses amies. En traversant la salle à manger, les enfants sentirent déjà une odeur de fruits et de pâtisseries, et l'on voyait sur la table les préparatifs de la collation promise. Marie jeta de ce côté un regard satisfait, et passa dans le cabinet où Denise, en attendant le retour de ses amies, disposait les petits ustensiles de cuisine pour la dînette projetée. Marie, sans s'occuper d'autres soins, se mit à raconter à Denise ce qu'elle venait d'apprendre chez Mme Richard ; comment les pauvres petites filles du tailleur, qui travaillaient pendant toute la semaine pour aider leur mère, étaient là-haut, tristement dans leur pauvre chambre froide et nue, n'ayant pour tout passe-temps que celui de voir tomber la neige....

« Et sans poupées, sans jouets! reprit Juliane, non moins touchée que Marie; elles n'ont pas eu la moindre étrenne! aussi j'ai envie de leur envoyer mon petit ménage....

— Eh bien! dit aussitôt Denise, pénétrée à son tour d'une tendre pitié, je leur donnerai une de mes poupées, celle qui a une robe verte; j'en ai d'ailleurs une nouvelle à habiller.

— Et moi! et moi! dit Emma, qui, avec ses hannetons

et ses escargots, avait apporté sa boîte de pralines ; je veux aussi leur donner quelque chose, moi, aux pauvres petites! pas de mes joujoux, ils sont trop cassés ; mais de mes bonnes pralines, une grappe de groseilles noires, un escargot et un hanneton ; ah! comme elles vont rire, en voyant ces petites bêtes-là!... » Et en disant cela, la bonne petite fille, toute joyeuse, ouvrit sa boîte, et en tira tout ce qu'elle voulait donner.

« Tu as un bon petit cœur, dit Marie en embrassant Emma, et tes bonbons iront avec les nôtres ; car nous en donnerons toutes, n'est-ce pas, mes amies? Quant à moi, qui n'ai guère de joujoux à donner, il m'est venu une autre idée; j'ai sur le cœur la tristesse de ces pauvres enfants, voyez-vous! Dans un jour comme celui-ci, où tous se réjouissent, où nous-mêmes nous nous disposons à nous si bien amuser! ah! cette pensée m'ôterait tout mon plaisir.... Je voudrais donc prier maman de me permettre de faire inviter ces petites filles à venir partager notre collation ; elles feraient la *dînette* avec nous, nous les ferions jouer à toutes sortes de jeux, et puis, après les avoir bien amusées, nous les renverrions chacune avec un petit présent.... Qu'en dites-vous? mon idée n'est-elle pas bonne?...

— Oui! oui! oui! s'écrièrent les trois petites filles enchantées de la proposition; il faut les aller chercher tout de suite !...

— Si toutefois maman y consent, » dit encore Marie en se dirigeant du côté de la chambre de sa mère; mais en ce moment la porte, qui était entr'ouverte, s'ouvrit tout à fait, et Mme de Merville, les yeux mouillés de douces larmes, s'avança en disant :

« Eh ! pourquoi ne consentirais-je pas à ce qui me comble de joie, ma chère Marie? » Elle prit celle-ci dans ses bras, la serra un moment sur son cœur ému, et en baisant successivement le front des trois petites amies : « Pourquoi ne consentirais-je pas, répéta-t-elle, à ce qui me comble de joie, de vous voir toutes obéir ainsi, sans délai, à la voix de votre cœur bon et sensible? Conservez cette généreuse disposition, mes enfants, cette tendre pitié pour le malheur, base de la charité chrétienne, que nous sommes tous appelés à exercer suivant nos moyens et notre position ; plus tard elle remplira votre vie de joie et de contentement, car c'est elle qui inspire les bonnes actions. Maintenant, continua Mme de Merville, je vais exécuter vos aimables intentions à l'égard des bonnes petites filles ; je vais les chercher moi-même, je verrai leur mère, et si je puis faire quelque chose pour améliorer la position de cette famille, je le ferai avec joie, et même je vous remercierai de m'en avoir fourni l'occasion.

— Ah ! maman, s'écria Marie avec attendrissement, que vous êtes bonne, et que vous savez bien deviner mes plus secrets désirs !... » M^me^ de Merville la serra encore une fois en silence contre son cœur ; puis, rentrant dans son appartement, prit son manteau, son chapeau, et, suivi d'un domestique portant quelques provisions dans un panier, elle se rendit chez la femme du tailleur.

Celle-ci était rentrée un peu fatiguée de la course qu'elle avait faite à l'Hôtel-Dieu, mais elle avait le cœur moins oppressé et l'esprit plus tranquille. La maladie de son mari touchait à sa fin ; il entrait même en convalescence, et le médecin lui faisait espérer qu'il pourrait retourner chez lui sous peu de jours, et bientôt reprendre ses travaux. Cette bonne nouvelle avait aussi éclairci le front et les regards des petites filles, qui dans ce moment entouraient leur mère, et l'accablaient des plus tendres caresses.

« Remercions le bon Dieu, mes enfants! leur disait-elle, bénissons-le en toutes choses; il nous soumet quelquefois à de rudes épreuves... mais il récompense toujours le courage et la résignation avec lesquels on les a supportées. Espérons qu'il en sera de même pour nous, qui, dans notre malheur, n'avons pas désespéré de sa bonté et de sa miséricorde ! »

Les enfants écoutaient avec respect cette pieuse mère, dont les dernières paroles frappèrent l'oreille de Mme de Merville à son entrée dans la chambre, et lui inspirèrent autant d'estime que d'intérêt pour celle qui les avait prononcées ; elle prit pour prétexte de sa visite quelques travaux qu'elle voulait, disait-elle, confier au tailleur ; il s'agissait de renouveler les habits de livrée de ses domestiques, et, comme il fallait pour cela quelques avances, elle remit à la femme du tailleur une assez forte somme d'argent pour acheter le drap et les choses nécessaires à cette fourniture, et même pour en payer d'avance la façon. C'était un moyen délicat que l'excellente dame prenait pour venir au secours de cette brave famille, sans blesser sa fierté, car elle savait que les honnêtes ouvriers préfèrent un travail honorable aux plus riches dons de la charité. M^me^ de Merville caressa ensuite les enfants, loua leur politesse, leur bonne tenue, et finit par faire connaître à leur mère la proposition dont elle était chargée de la part de quatre petites filles de leur âge, et dont le bon cœur désirait, ce jour-là, qui était une double fête pour les enfants, partager avec les siens les plaisirs de la journée.

La bonne femme ne pouvait en croire ses yeux ni ses oreilles. Comme je l'ai dit, elle croyait pieusement à la Providence : aussi en voyant, en écoutant M$^{me}$ de Merville, elle était tentée de s'agenouiller devant elle comme devant un ange de Dieu envoyé par lui pour mettre fin à ses malheurs. Elle s'écria enfin tout éperdue de joie et de reconnaissance : « O Madame ! soyez bénie mille fois pour la généreuse bonté qui vous a conduite ici !

que cette bonne action du premier jour de l'année soit pour vous une source de bénédictions pour tous ceux de votre vie ; soyez bénie surtout, Madame, pour m'avoir fourni sitôt la preuve de ce que je disais à l'instant même à mes enfants, que nous ne devons jamais désespérer de la bonté, de la miséricorde de Dieu, qui sait toujours récompenser le courage et la résignation avec lesquels on supporte les épreuves qu'il nous envoie ! Allez, mes enfants, continua la digne femme en embrassant ses petites filles l'une après l'autre, suivez cette généreuse dame, qui veut bien vous admettre dans la société de ses charmantes petites demoiselles, que Dieu bénira aussi pour leur aimable bonté; conduisez-vous bien, et que le plaisir inespéré que vous allez goûter vous rappelle toute votre vie ce jour où la Providence, sous la forme d'un de ses anges, a daigné venir à notre secours! »

M$^{me}$ de Merville, touchée de la pieuse reconnaissance de cette brave femme, l'assura de nouveau de son plus tendre intérêt, et partit emmenant avec elle les quatre heureuses petites filles, dont le cœur, allégé par la joie de savoir que leur père allait mieux, et qu'elles le reverraient sous peu de jours, s'apprêtait à goûter tous les plaisirs de cette invitation inattendue.

Elles furent reçues de la

manière la plus aimable par nos quatre bonnes petites filles, qui, par la grâce affectueuse de leurs manières, parvinrent en peu de temps à dissiper l'embarras des timides étrangères; on leur montra d'abord toutes les poupées, on leur permit de les toucher, ainsi que tous les jouets; on les fit jouer à toutes sortes de jeux, qui furent interrompus par le goûter que Mme de Merville fit servir à deux heures. Ce goûter se composait d'une grosse brioche toute chaude, d'un plat d'œufs au lait, d'une tourte aux confitures, de fruits, de bons marrons rôtis, toutes choses excellentes et bien nouvelles pour les petites filles du tailleur, mais dont elles mangèrent modérément et sans gloutonnerie, comme auraient pu le faire des enfants moins discrets et moins bien élevés.

Après qu'on leur eut fait goûter de tout, et que les appétits furent satisfaits, on quitta la table, que les domestiques enlevèrent en un instant, pour laisser plus d'espace aux jeux des enfants. Elles en commencèrent de toutes sortes, *colin-maillard*, les *quatre-coins*, puis *je vous rends mon corbillon*, le *furet*, la *sellette*; de temps à autre on reprenait les poupées, on regardait un recueil de gravures; ou bien Marie, qui était dans tout le ravissement de sa bibliothèque, en tirait un joli petit volume, et d'une voix douce et distincte lisait une petite histoire, qui, tantôt gaie, tantôt touchante, faisait rire aux éclats les petites filles, ou pénétrait leur cœur d'une douce émotion.

Les heures se passèrent de la sorte, et elles furent si agréablement remplies, que celle de la séparation arriva sans que l'on eût pensé au jeu favori, la fameuse *dînette* pour laquelle on avait fait tant de projets. Il est vrai que le déjeuner copieux expédié par la petite troupe était bien une véritable dînette, seulement d'un genre un peu splendide; la partie fut donc remise à un autre jour. Mais comme on avait mis en réserve pour cette dînette des morceaux de brioche, des parts de tarte, des biscuits, des marrons, des figues sèches, des amandes et toutes sortes de fruits, Marie, Juliane et Denise, qui avaient fait toutes ces provisions, prièrent les petites filles du tailleur de les emporter, afin qu'elles pussent faire goûter à leur mère quelque chose de ce petit régal.

Ce ne fut pas tout; nos petites amies avaient eu soin de préparer chacune le petit objet qu'elles voulaient donner aux pauvres enfants privées d'étrennes; Juliane, comme elle l'avait dit, offrit à celle qui était à peu près de son âge le petit ménage en bois suisse qui lui avait si longtemps servi à faire la *dînette*, et elle y joignit quelques-uns de ses meilleurs bonbons ; Denise en fit autant, et donna sa poupée à la robe verte que la petite Madeleine avait justement paru le plus admirer. La bonne petite Emma n'avait pas attendu le moment des adieux pour faire ses petites générosités ; comme elle avait joué tout l'après-midi avec la petite Adèle, la plus jeune des enfants du tailleur, et que toutes deux s'étaient extrêmement amusées à faire marcher les escargots sur une table en les traînant par un fil et leur disant : « Escargot, escargot borgne, montre-moi tes cornes ! » et à faire tourner les hannetons au bout d'un fil en leur chantant : « Hanneton, vole ! vole ! vole ! » elle avait fini par partager les uns et les autres avec sa nouvelle petite amie, et même la boîte de pralines fut fort diminuée dans cette occasion, attendu que, si la petite fille en avait croqué bon nombre, elle en avait aussi offert à toutes ses amies plus d'une fois dans la journée, car Emma tenait fort à ne pas passer pour une petite gourmande.

Quant à Marie, qui avait reconnu dans Geneviève, la fille aînée du tailleur, un esprit doux et sérieux et un goût tout particulier pour la lecture, elle fit en sa faveur le sacrifice d'un de ses anciens livres les plus aimés, et qui ne se trouvait pas dans la nouvelle bibliothèque ; c'était les *Histoires édifiantes.* La petite fille éprouvait une vive reconnaissance ; mais elle hésitait à accepter un présent qui lui paraissait d'une trop grande valeur, quand M^me^ de Merville, à qui Marie était allée demander la permission de le faire, vint autoriser elle-même le don.

« Prenez ce livre, ma chère enfant, dit-elle avec bonté ; lisez-le souvent, vous y trouverez d'excellents préceptes de conduite et de beaux exemples à suivre, en un mot, autant d'intructions que d'intérêt : ce qu'il faut toujours chercher avant tout dans le plaisir de la lecture. Quant à vous, mes enfants, ajouta Mme de Merville en s'adressant à sa fille et à ses jeunes amies, vous vous souviendrez, j'en suis sûre, de cette première journée de l'année, où toutes vous avez éprouvé le plaisir de faire le bien, chacune suivant vos moyens ; puissiez-vous en avoir beaucoup de semblables dans le cours de votre vie ; car ce sont celles-là seules qui comptent aux yeux de Dieu. » Marie et ses petites amies embrassèrent alors affectueusement les enfants du tailleur, qui, toutes chargées de leurs présents, retournèrent enfin près de leur mère bien joyeuses et pénétrées de reconnaissance.

Mes jeunes lectrices désireront peut-être savoir ce que ces bonnes petites filles firent pour répondre à tant de bontés ; je puis les assurer qu'elles ne furent pas ingrates; mais comme cette histoire est déjà un peu longue, et que je ne veux pas fatiguer trop longtemps leur attention, ce sera l'objet d'un autre récit, où celles qui lisent ceci, retrouveront peut-être avec plaisir et intérêt les noms de Marie, Denise, Juliane, et même celui de la petite Emma.

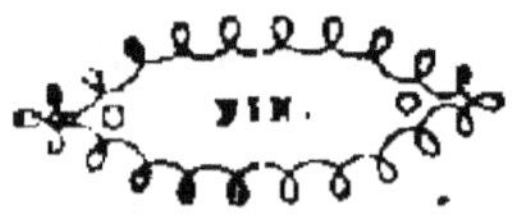


Tours. — Imp. Mame.

www.ingramcontent.com/pod-product-compliance
Lightning Source LLC
LaVergne TN
LVHW012017220826
846092LV00001B/385

* 9 7 8 2 3 2 9 7 5 8 7 8 7 *